NOS

O HOMEM SEM MIM

Rute Simões Ribeiro

Comove-me a desgraça daquele senhor
ACÁCIO, doente de Alzheimer, sobre as imagens de si próprio

Dia algum*

Está um dia bonito. O céu está na cor certa, os pássaros sabem de si, as ruas mexem de gente, embora eu não conheça ninguém. Da minha porta, o caminho para ali. Não me encontro com ele porque não me lembro para onde segue. Tudo é branco na minha cabeça desde que hoje abri os olhos. Na minha cama, nada. No quarto, nenhuma pista. No corredor, nada ainda. Abri a porta para aqui, de onde vinha luz. Não logro lembrar-me, por mais esforço que empreenda em saltar do branco, da memória branca, da lembrança vazia. Ainda ontem sabia, tenho ideia de o ter sabido, hoje fugiu-me. Aqui me sento, à beira da porta, à espera de lembrança. Não sei quem sou. No branco me deixo.

Esta senhora, quem é? Uma velha mulher encontra-me aqui. Veio lá de dentro, da minha casa. Que sabe ela deste branco? Olha-me, traz nela doçura que só pode ter anos, suspira e nada diz quando me vê sentado, quieto para não agitar o branco. Deixa cair os olhos em coisas que ali não estão. No branco dela? "Por que estás tão triste, senhora?" Assim que lhe pergunto, ela aflige-se, ainda mais se afunda, atira os olhos ao chão. Mas é santa, pois me perdoa a pergunta inconveniente e me pega pela mão. Leva-me para dentro como se tivesse acolhido um passarinho, na mão dela sou uma carricinha

---

* Nesta edição, manteve-se a grafia original portuguesa. [N. E.]

que nela aprova ficar por um bocadinho. Nesse bocadinho que lhe concedo, ela recolhe-me para me curar a asa. Não sei quem é, o que faz na minha casa, mas sigo-a sem questão. Confio no que me diz sem palavras. Terá por mim ternura e, nos dias sem nome, a ternura incógnita é o único bem que tenho. "Vamos almoçar?", pergunta-me. "Mais logo", é o que lhe digo, porque é como me parece estar bem. Ela insiste que agora é hora e deixa-me baralhado, mas a senhora velhinha move-se com confiança na minha casa, alguma coisa deve saber. Devolvo-lhe a ternura com a complacência. Enquanto o nome não vem, deixo que decida quando é apropriado almoçar. Digo-lhe que me vou deitar agora. Ela suspende a ternura e ralha comigo, diz que ainda agora me levantei. Eu não me lembro disso e estou cansado de não decidir nada. Por isso, grito com ela, agora eu é que sei se me deito ou não. Ela ficou para trás e eu já estou no quarto. Vou deitar-me a ver se vem o nome.

Dia seguinte

Chamo-me João e digo que tenho quarenta e sete anos. Casei-me há vinte anos com uma cachopa danada, mas amável como o verão ao fim da tarde. Tenho mundo atrás e mundo pela frente. Olho para as minhas mãos e penso como envelheci mais nelas do que na minha cabeça. Vincados os anos na pele, são prova irrefutável. Não há contraditório. Estou sentado, sorvendo sopa quente que não preparei, e à minha frente põe-se uma senhora parecida com a minha cachopa. "És a mãe da Carminho?" Ela não me responde, mas, depois de pensar um bocadinho, diz que sim. Tenho três filhos, não sei onde andam, devem andar ali para trás no quintal, ou foram para o largo da igreja brincar com a garotada da rua. Todos lindos, os meus filhos. Tenho saudades deles, como se não os visse há trinta anos. "Por que estás a chorar, João?", pergunta-me ela sem ter que ver com o assunto dos meus filhos, e eu respondo de maneira a que se cale, "Que tem você a ver com isso?, isso é cá comigo!". Ela fica arrebitada e ralha comigo como se eu fosse uma criança, e eu digo-lhe mais, "Eu vou-me é embora daqui, você não me trata assim!", "Pois vai-te lá embora, que te faço as malas". Levantou-se gaiteira e foi mexer no meu armário. Daí a dois minutos, entregou-me um saco cheio. Eu, sem querer dar o braço a torcer, desci o corredor até à porta da rua. Abri a porta e saí. Na rua, só breu. Olhei para trás e vi a cortina a fechar-se.

Era ela a confirmar que eu ia, a bisbilhotar, a intrusa. Andei um bocado mais e já ia quase a sair pelo portão quando me lembrei da ternura e da permanência dela. Voltei para trás e já não disse mais nada, a ver se ela se esquecia do caso.

Dia seguinte

Sou carpinteiro desde moço novo, mais na especialidade de chão. Arranjo e ponho bonito todo o taco que me aparece. Deixo novo o que era velho. E só ponho do verdadeiro, da madeira que vem das árvores, pranchas grandes e tacos pequenos. Já fiz muito chão bonito e continuo a ter clientela. Levanto-me de repente porque me lembrei do serviço que vai atrasado. Vou a correr para apanhar a tempo a boleia do vizinho até à obra. Já vou aqui na rua, mas não me lembro nada destas casas. Vou em frente, a ver se vejo alguém que conheça. Já não me lembro por que tinha pressa. "Senhor João, que anda aqui a fazer?, ande comigo." O rapaz conhece-me e, dado que me fugiu o motivo de ter vindo para aqui e o rapaz mostra-me a mesma ternura que a senhora lá de casa, sigo com ele. Olha, lá vem ela aflita. Dou-lhe um afago no braço para que não se preocupe tanto. Voltei para a frente da televisão com a sensação de afinal o serviço ter ficado feito.

Dia seguinte

"João, toma lá o comprimido", "Não quero nada disso!", é o que lhe digo logo. "Anda lá, que precisas." Cuspo tudo para cima da mesa, já lhe disse que não tomo nada, se não tenho nada. Ela dá um berro e sai da cozinha. Fico à espera e olho para a janela. Lembro-me das cortinas de quando me casei com a Carminho, é tão linda a minha Carminho. Conheci-a no bailarico da aldeia por altura do Natal, estava lá com as amigas, com uma saia rodada às cores, e ora olhava para mim, ora para o chão. E eu lá fui, todo engatatão, que ela havia de ser minha. Pus-lhe os meus grandes olhos azuis em cima, que neles sempre prendo as raparigas, ainda hoje, que não se diga nada à Carminho, que tem ciúmes se me cismo na calçada. Ela riu-se, para disfarçar a vergonha, que já tínhamos os dois perdido as palavras. Estiquei-lhe a mão e ela agarrou-a logo, não fosse eu mudar de ideias. Levei-a para o centro do baile e dei-lhe muitas voltas, tantas. Dava muitas, porque não sabia bem os passos, assim disfarçava, e ela brilhava, o que sempre me dava vantagem. Mais uns namoros de janela e, ao fim de umas semanas, disse que casava com ela. Ela deu-me muitos beijos, a Carminho, e nem foi preciso dizer que sim. A minha Carminho de azevinho, onde anda ela.

Dia seguinte

Chamo-me João e já vivi setenta e sete anos. Sou casado com a Carmo, a Carminho, a minha bonita velhota sempiterna. Tenho asas na memória. E o raio das andorinhas nunca mais vêm cá fazer a primavera. Há dias em que acordo e não ponho mão em mim. Vivo o dia todo em névoa. Vigio tudo em redor, para ver se me aparece luminária. Nada. Só tenho medo de, num desses dias, me esquecer dela, da minha Carminho de saia rodada às cores. É só o que peço, que não me levem os passarinhos ladrões a lembrança dela, dos meus filhos, dos meus queridos netos. Ela aqui vem, sempre terna, sempre por aqui, nunca me deixa. Mas devia. Isto não devia ser para ela. Dou-lhe todo o carinho de que me lembro, para que nos dias de desaparecimento ela tenha o que lhe dou nos dias despertado. "Eu continuo aqui, Carminho." Ela ri-se, gosta mais destes dias, são mais levezinhos, os passarinhos estão cá todos. Hoje, estou cá, inteiro, como ela merece. "Está vivo o teu homem", "Estás sempre vivo, marido, sempre o teu corpo". Assim que ela me diz isto, eu já sei que no dia antes foi difícil, não viu no corpo o homem, fugi-lhe ontem, de certeza. "Carminho, vou dar-te um beijinho." Ela ri-se e recebe, "Dá-mos todos, marido". Dou-lhe um beijinho todos os dias logo na manhã, para o caso de me esquecer depois. "Desculpa-me se me esquecer de ti algum dia." E brotam-me as lágrimas com isto, tenho pena que me esvaia a memória, é a minha preciosa arca, estava lá tudo guardadinho e agora está rota. Que valem outros tesouros? Ela olha para mim e tem alguma coisa para me dizer. Mas desistiu. Só olhou para mim e me agarrou. "Não faz mal, marido, está tudo bem." Sei bem que está a chorar, mas deixo-a ir e finjo que não percebo.

Dia seguinte

Em setenta e sete anos, uma vida com a Carminho, três filhos e seis netos, uma bela conta. Os meus netinhos são a minha melhor coisa, que era eu sem eles, quando chegam é uma alegria. A minha neta mais velha entrou agora na faculdade de letras, anda a estudar as palavras. O netinho mais novo ainda anda a cabriolar, gosta muito do avozinho. Soubesse ele que ainda gosto mais eu dele. A minha filha mais velha é advogada, muito esperta, formada com muito custo, mas muito orgulho. Gosto de os ver vingar na vida. O do meio faz umas coisas nos computadores, que eu acho muito bem, tem de fazer o que o mundo manda agora. A minha mais nova é arquiteta e faz umas casas muito bonitas. Tudo o que fazem eles é bonito, tenho tanto orgulho neles todos. Eu não me esqueço nunca deles. Como é que a gente se há de esquecer do que nasceu da gente, que se fez corpo a partir do nosso. Que anda aqui na cabeça para fazer desaparecer tudo o que temos de mais certo na vida. Para onde vão as certezas?

Dia seguinte

Hoje é dia de exercício, de mexer as pernas, para disfarçar a falta de juízo, para ajudar a segurar a memória, como se ela fosse voar, pois. "Carminho, põe-me aqui o..., o...", "O cinto, ajudo-te já com isso, marido", "Vai-se a ver, isto não é nada preciso e eu até já estou bom", "Não comeces já com essas coisas, vamos fazer tudo o que os médicos disseram para fazer", "Eu sou um estorvo, é o que é", "Não és nada, estás aqui muito bem ao pé de mim, e vamos fazer tudo certinho", "Carminho, tu vai-te embora de ao pé de mim, fazes a tua vida com outro com a cabeça normal", "Com a cabeça normal?, então eu ia a andar aí a jogar à sorte?", "És uma santa", "Olha essa agora, marido, tu é que não te lembras". E riu-se sozinha. A minha Carminho do coração ainda sabe rir, vá lá, que não se perca tudo nesta miséria de vida, que me sai pelos ouvidos, pelos olhos, pelos passos no caminho. As palavras que deito ao ar não sei se as apanho outra vez. Não me repito mais. O que faço agora ficou feito, para quem visse. Ando pr'aqui, sem registo. "Já chegámos, anda lá, marido", "Já vou, já vou", repito só para ocupar espaço. Ponho as mãos na tarefa e não há meio de desenrascar o cinto. Ela ajuda-me e lá vamos ao ginásio dos velhinhos, aqui no lar de dia. Pois já sou velhinho. Dizem eles, e eu faço de conta que vou na conversa.

Lá está o vizinho, pobre coitado, também já cá anda. "Ouve lá, Semedo, a'tão, como é que vai isso?", "Johnny

John, anda aqui dançar a música com a gente", "Já vou, já vou", e despacho-o com a mão. O homem tem mais dez anos que eu, mas sempre se armou em macho. Emigrou para a América e acha que ficou mais esperto que nós. Ficou, quando muito, mais esperto que ele próprio, e isso já foi uma boa empreitada. Tinha a mania, ainda veio de lá com mais, mas pronto. O homenzinho lá fez coisas boas pela gente que emigrou, ajudou lá no desporto da comunidade. Trouxe uma mulher americana e duas filhas meio de cá, meio de lá, todas à maneira. Enviuvou, coitado, pouco depois de cá chegar. As pobres das cachopas ficaram entregues às tias portuguesas, até que ele encontrasse outra mulher. Ainda hoje, anda a tentar. Uma das raparigas já faz companhia à mãe, coitadita. "Semedo, sempre a treinar!", "É assim, Johnny, não se pode parar, é dançar até morrer!". E lá dá mais uma volta à velhota, que já anda tonta, mas não sai de roda dele. Ele lá sabe fazê-las. "Marido, vai lá ter com eles, eu vou ao super e depois venho buscar-te". Eu digo-lhe que sim, contrariado, e pego na velhota com as rugas mais próximas das minhas, dançamos uma bossa nova. Ninguém sabe se faz boa figura, mas todos fingimos bem que não importa nada.

Dia seguinte

"Carmo!, Carmo!, corre para aqui!", "Que é, marido, o que é?, por que choras, homem?", "Carminho, leva-me daqui!, que isto não é a minha casa, Carminho!, onde é que a gente está?", "João, estamos em nossa casa, é o nosso quarto, está tudo bem". Dou um soluço e volto a deitar-me, zonzo de dúvidas. Na minha cabeça, remoo

vazios que ramificam, árvores mortas, negras, no meio de florestas que não começam nem hão de terminar. Eu não tenho lugar. Em sítio nenhum me vejo. Só se pode esconder quem tem corpo de fuga. E o meu? Que é do meu?

"O meu corpo, Carmo, ele fugiu!", "Não fugiu, marido, está aqui agarrado aos meus braços, não o deixo ir para lado nenhum, fica aqui guardado junto ao meu". E ela chora comigo. Agarra-se ao que eu já não encontro.

Dia seguinte

"Estou pronto, Carminho, vamos embora?", "Para onde, marido?", "Para a aula de dança, então!". Ela espera uns segundos na ponta dos dedos de costura e responde-me nada espantada, "Agora, vamos dormir". Como está tão segura disto, eu não rebato, largo o chapéu onde calha e ponho-me na cama, à espera da hora certa.

Dia seguinte

Ligo a televisão, para companhia. Tomei o raio do comprimido, ainda me anda aqui às voltas na língua. Hoje fui à loja comprar material. Pois lá vi o Semedo, andava à procura de cadeados para as malas, o rapaz diz que vai para a América. Eu lá lhe perguntei porquê. E ele riu-se muito, acho que foi para disfarçar. Fora a esperança, não tinha mais nada. Eu ri-me de volta, só para o ajudar, mas depois não o larguei. "Diz lá à gente, então fazes segredo?, que há lá que a gente não sabe?" Ele olhou para mim muito sério, vi logo que estava a procurar razões. Depois disse-me, a apontar o dedo, "Vais ver quando eu chegar, hei de mandar nisto tudo", "Então, mas não mandas lá antes porquê?", "Olha, pois, se calhar merecem-me mais do que vocês!", "Ó diabo, então a gente tem de merecer que tu voltes!, não sei se vou pôr nisso investimento", e ri-me desbragado. O Semedo não viu piada nisto, mas, como se viu sozinho, acompanhou enxofrado. Coitado, o pessoal da vila até gosta dele, mas ele porta-se melhor quando a gente não lhe dá muita folga. Precisa de vez em quando de ver amarfalhado aquele aparato todo de vaidade. Quando não é assim, mete todos os outros abaixo, e isso é que era bom. Até porque há aí moças novas, devem vir para o baile do Natal, e a gente não pode deixar que ele faça o resto da rapaziada passar por parva.

Dia seguinte

De quem estas mãos apegadas aos meus braços? Ainda agora as vi, sem vincos, segurando a cintura da Carminho. A minha Carminho de azevinho. Houve um dia em que lhe perguntei, "Queres casar comigo?". Ela riu-se porque me achou a brincar, "A sério, anda lá". Nesse dia, ela ficou muito séria, disse que já estava a ficar cansada de tanto esquecimento, que uma coisa eram as chaves no congelador, outra era não se lembrar do dia do nosso casamento. Aquilo foi mais afronta que preocupação, mas foi o que lhe serviu de desculpa para ir ao médico, perguntar o que se andava a passar com o marido, que queria casar com ela outra vez. O médico ainda lhe disse, para aliviar, que era sinal que queria repetir a experiência. Eu ri-me para ela. Mas ela não encontrou graça em estar sozinha na lembrança.

Eu lembrei-me do casamento logo no dia a seguir, mas ela já não quis saber e não se desmanchou de resolver o mistério. No dia em que o médico lhe disse que havia de acontecer mais vezes, vi a minha Carminho envelhecer, amachucada por fora, velhinha por dentro. Eu disse-lhe que estava tudo bem, que não havia para ali desgraça de apontamento. Ela passou a mão dela na minha cara, afagou-me o queixo e deu-me um beijo. Como aqueles que ela dá quando eu vou para um serviço longe. A minha Carminho vive com saudades comigo por perto.

Dia seguinte

"Carminho, vou para a luta!" Ah, que bela jornada! É preciso começar cedo, que a casa é grande, muito chão para afagar. Ponho a boina e aqui vou eu. O dia ainda não ganhou cor, só se vê luz na janela do padeiro. O outono já põe folhas no caminho, se a gente as segue é um problema, que não têm rumo estas. Eu cá vou em frente, ter com a minha Carminho, que está à minha espera no beiral, para a namorar, dar-lhe beijinhos sorrateiros onde a mãe dela ainda não permite. Já se guardou para mim, e eu já lhe prometi o pedido. A casa dela fica para trás, afinal, espera aí, que não era aqui. Vou andando, que já não deve ser longe.

As folhas são a mesma duplicada, as casas não têm legenda, em nada se põe significado. O ar mantém--me suspenso e as pernas fazem função sem ordem. Nunca conheci ninguém, nunca pus fala na boca. Nunca o mar, nunca a pele, nunca o choro. A cada pedaço que me mexo me torno folha, a folha que cai, se esmiúça, que vai tornando indistinto o que é homem e o que é folha, o que é homem e o que é terra.
Já sou pó.

Dia seguinte

A minha Carminho hoje está brava comigo. Diz que eu fujo. Se eu a quero perto, para que havia de ir para longe dela? Não saí daqui. Vê coisas a minha mulher, ou não vê. Estou aqui sossegado, à beira dela, e ela anda à minha procura. Fico-lhe invisível. "Estou farta de me preocupar contigo!", "Mas se eu estou aqui!, para onde é que eu havia de ir?", "Isso gostava eu de saber!, tudo preocupado contigo e quando a gente te encontra, foi como não se passasse nada", "Então, se não se passou, eu só fui ali!", "Ali, onde?", "Ali, ter contigo à tua mãe, não tínhamos combinado?, tu é que te esqueces!". Ela aqui arregalou-me os olhos, e eu escondi-me na fala. Acabou-se o pio.

A minha mulher é casa, é edifício, é tudo que é permanente. Ela fica. Eu vou. Eu não dou conta da partida, ela vê-me todo o caminho.

Dia seguinte

Dia de netos. Patifaria da brava com o avozinho. E os beijos que eles dão, pegajosos. Neles eu sigo. Vão crescer, ficar marmanjos, e o avô cá fica, em folha. "Avozinho, onde estás tu?", pergunta-me o pequenino quando me vê sem fala. "Estou no teu nariz!", e aperto-lho e roubo-lho. "Sabes para onde vão os avós?", pergunta-me ele. "Deve ser algum sítio com boa vista", "Para quê?", "Então, para atirar as folhas para o chão e soprar os passarinhos para o ar", "São os avós que fazem os passarinhos voar?", "Também são. Quando os avós se transformam em folhas, depois são autorizados a ser passarinhos, se vires um passarinho, pode ser que lá vá o avô". Ele fica a pensar e depois diz, a olhar para o brinquedo, "Não vás já, avozinho, não vás ainda com os passarinhos". Eu afago-lhe os cabelos, pego-o ao colo e agarro-o como se pudesse segurar todas as coisas que, minhas, fugidas, me tornarão

pássaro.

Dia seguinte

"Ouve lá, Carminho, tu lembras-te da semana passada, quando o vizinho disse que tinha encontrado o Semedo com a americana, que já tinham chegado?" Ela esperou um bocadinho, devia estar concentrada no ponto, e depois lá embarcou comigo, "Diz lá". "Hoje, lá na casa de pasto, ele apareceu, vinha todo embonecado, disse-me que fez lá vida boa e que agora volta de vez para a terra, diz que tinha saudades da gente", "Pois", "Saudades da gente, diz ele".

O Semedo trazia aquela cara rasgada de quem tem um mercedes estacionado à porta, à espera que alguém lho gabe. A gente não lhe disse nada, fez de conta que o tinha visto ainda de manhã. Aquilo fez-lhe mossa, arredondou logo o bico. Mas a malta arrependeu-se, que também ninguém merece que não lhe notem a falta. Havia bem piores que ele, e este sempre era da gente. Esfolámos os joelhos juntos e isso dá ligação para a vida inteira. Lá lhe lançámos um "Ena", e ele encimou-se. Estava feliz. E a gente também.

Pôs-se a conversa velha em dia num par de horas e depois foi só a fazer conversa nova até à tardinha. Parecia que não tinha passado lá tempo nenhum. Era o Semedo de sempre. Já nem ele se deslumbrava com o mercedes. Estacionou-o atrás da casa, para não pegarem com ele, e já só saía de lá com ele ao domingo.

Dia seguinte

"Filhota, anda cá", "Sim, pai?", "Quanto gosto eu de ti?". Ela riu-se e deu a resposta ensaiada, "Tudo!". Eu puxei-lhe o nariz e disse-lhe, "Levo este comigo, que fui que o fiz". Ela abraçou-me no abraço que ainda tenho.

Dia seguinte

"Carminho, é dia de ir à missa?" Ela gritou-me da cozinha, "Não!". Fui para trás e sentei-me a ver televisão. Há dias em que me parece que ela sabe mais que eu, e não me dou ao trabalho de teimar. Pergunto-lhe e sei logo. A minha Carminho tem sempre a minha vida em dia.

Dia seguinte

Os carros na rua ou andam mais depressa, ou sou eu que os olho mais devagar. Lembra-me quando eu e o Semedo encontrámos o Assunção. O Assunção sempre foi tantã e nem sequer tinha boniteza para compensar. Disse-nos que tinha um carro novo à maneira. Novo na mão dele, que aquilo já tinha mais rodadas que a carreira para Fátima. Queria mostrar à gente o ronco da máquina. Tinha-a comprado ao Acácio das motas, que sabia sempre de oportunidades, vindas lá das corridas. Pôs-se em cima daquilo, acelerou a olhar para a gente, e quando lhe vimos a cara percebemos logo com ele que tinha sido gás a mais. Saiu disparado e quase bateu no carro da Silvéria da Junta, que lhe cantava o fado se lá tivesse mesmo chegado. Por sorte, o travão estava nos trinques e não houve arrependimento para tratar. Saiu aflito a olhar o Toyota da Silvéria que tinha quilómetros quase a contar com os dedos das mãos, apesar de já ter mais de dez anos. Quando viu, espantado, que só por sorte estava tudo bem, pôs-se dentro do carro e foi-se logo embora, a acelerar à vez, a fazer de conta que estava confiante. Nem se despediu, a ver se a gente não marcava muito o episódio. Pois claro que no dia a seguir não se livrou de gozação. Estava feito até o fim do ano. E ainda hoje diz que tinha aquilo tudo controlado, que foi só para nos assustar. E ri-se, a ver se monta a história como lhe convém. A verdade é que só eu e o

Semedo vimos tudo, mas, haja dúvidas em dia de nublação, aquela cara a desmontar-se de susto assim que o carro lhe foge das mãos aviva-se logo na memória. Á caneco, que a gente tem de se rir sempre que se lembra que ainda pode isso.

Dia seguinte

"Tá boa a sopa, Carminho." Á, que boa sopa, só chateia o comprimido sempre aqui enrolado na boca. Hoje é dia de cantar as Janeiras. A Carminho tem de lá estar cedo, que este ano é Quarentona. Apesar de só fazer anos em novembro, está carimbada desde o início do ano. É o ano dela a organizar agora as festas. É um fartote de mexedura todo o ano. Riem-se, zangam-se e fartam-se de trabalhar. Choram-se no fim, logo ao atear da fogueira, de capas de roda dela. É a nostalgia da juventude e dos anos que passaram, que não casam com ela. Filhos atracados, maridos e mulheres feitos ajudantes, são os mesmos cachopos de sempre, com a juventude renascida que lhes ignora rugas e profissões, recordando em cada fala carteiras da primária, traseiras dos balneários, subidas à serra aos galarouchos, empreitadas aos lagostins com o Semedo e o Assunção e mergulhos a medo no poço lá no Poio em anos de chuvas grandes e mata cheia. E a mata é nossa, digam o que disserem os livros de geografia.

Dia seguinte

"Bom dia, minha mãe do céu, obrigada pela boa noite que me concedeu, conceda a graça de um bom dia para mim e para o meu marido, pai, filho, espírito santo, amén." Ainda estamos deitados na cama. A minha Carminho não dá falas para ninguém antes de confiar à santa a lenga-lenga dela. Sempre que calha de eu a ouvir, antes de me levantar também, fecho os olhos, contraio a testa com força e peço para conseguir fazer a minha parte. E peço à santa dela, que assim fica tudo junto, para que seja dia em que não me esqueça disso.

Dia seguinte

"João, missa!" Pronto, está dito, não discuto. Pego a boina e já vou de saída. A Carminho puxa-me aflita. Nem diz nada. Eu olho para as mãos dela a segurar-me pelas calças do pijama. Minha santa Carminho, sempre a zelar--me o vestuário. "A vergonha, zelo-te a vergonha, ai, marido!" Podia jurar que tinha pensado aquilo só para mim, mas há coisas que a minha mulher alcança que sempre me espanta. Já desconfio pouco das possibilidades.

Depois da missa, vamos ao Gralha, o restaurante na serra, onde toda a gente fez a festa dos sacramentos todos, desde o baptizado até às bodas de ouro, e ainda lá se vai no dia da mãe e no ano novo. Põem-se em dia os cumprimentos todos da semana, enquanto se espera vez. Lá está o Semedo, vem sempre antes da hora. A parte dos passou-bens é sempre a melhor, depois do leite-creme da casa, claro, e ele não a falha. "Johnny John, como vai isso, amigo?", "Á, Semedo, se tens medo!". Nunca terminei a frase, porque nunca soube como a resolver, mas a coisa pegou, nunca ninguém me perguntou o resto, e sempre serve como cumprimento sem pedir muito de andamento. "Como estás tu?", pergunta-me ele, a pegar-me pelos braços, como se eu estivesse morto e conferisse se estou com isso satisfeito. "Tudo fino." Houvesse mais frases feitas e não usava eu outras, que estas conversas não somam nada. Mas o Semedo não despega e segue comigo, vá-se lá saber porquê. Sempre se chegou a mim, por mais frases prontas-a-dizer lhe entregue eu. É bom homem e eu lá concedo, "Diz tu coisas, que andas tu a inventar agora?", "Ó, tu sabes que eu não paro", e lá deu para ele se esquecer que estou morto. Fazemos todos de conta que estou inteiro. É mais fácil para quem me vê a apequenar. E isso reduz-me a falta.

Dia seguinte

Oco. Eco. As letras não se encontram. Sussurram o meu nome, e eu não consigo ouvi-lo. Pergunto a uma mulher que passa, "Como é que eu me chamo?", e ela chora. Eu choro também, porque lhe compreendo o desmanchar. Também me desfaço no mistério. Ela diz "João" enquanto olha para o vazio, que sou eu. Vê-me nomeado e espera satisfação, mas o mistério continua por resolver. O nome veio, o homem nele ficou para trás.

Dia seguinte

Não me ocorre nada a não ser ultrapassar a porta. Dar um passo depois dela e outro a seguir. E outro depois. Somar passos. Faço caminho como fio, debaixo dos pés. Não há mais paredes e só tenho de tarefa construir caminho nos passos somados. Escurece e lembro-me do conforto dos passos que não é preciso dar. A parede já me faz falta. E procuro a parede. Não conheço nenhuma e persisto na procura. Faço mais passos à espera que eles me mostrem a parede que conheço.

A parede não veio e as pernas já não têm mais passos para dar. Deixo-me ao pé do rio, que os dá por mim. Encosto-me na árvore que me dá parede enquanto a minha não regressa. Se fechar os olhos, ela encontra-me, a mulher que sabe sempre o meu nome. Ela está atrás da árvore. O mundo todo atrás da árvore. Só não consigo ir lá ter, mas estão todos por trás da árvore, atrás da

parede que sou eu.

Dia seguinte

    O rio. O pássaro. A árvore. Um homem.
    O homem que me leva dentro levanta-se. Não há motivo para ficar. Pergunto-lhe quem é. Ele também não sabe. Acolhemo-nos sem perguntar mais nada. Seguimos os dois, o homem por dentro e o corpo por fora, só sabendo da ausência um do outro.
    O corpo cai

em folha.

Dia seguinte

A noite entregou o nome ao corpo. Chamo por ele, enquanto me choro, "João! João!". Passo as mãos pelo chão que é terra molhada. As calças molhadas. Não foi o rio. Foi o corpo sem regra, sem casa. A mão no estômago encontra a fome. E depois o medo. O medo na perna dorida. "Apaga o medo com o nome dela." E o nome que é casa chega inteiro, indubitável, "Carminho! Carminho!".

A noite outra vez.

Dia seguinte

A sombra encontra-me. Nos braços dela já não sou terra. O braço caído do corpo que foi meu despede-se do rio, que o guardou. A mão do corpo guardou-lhe os anos, enquanto ele se guardou na ausência. Nas rugas da mão caída vejo as minhas filhas, vejo os meus netos. O corpo ainda guarda o homem.

Dia seguinte

Hoje, ela não está zangada comigo. Ocupou-a demasiado o desassossego. Na cama do hospital, recuperam ao corpo a perna partida, enquanto a minha Carminho cura a fuga ao homem. "Desculpa, Carminho, eu sou um empecilho para ti, não mereces esta vida." Ela aqui protesta, mas com a ternura dos anos todos. "Não digas isso, eu gosto tanto de ti, marido." E chora as saudades que ainda não vazaram. "Procurámos por ti por todo o lado, achei que era desta que não te encontrava mais, e eu não gostei nada disso, marido", "Não volta a acontecer, eu prometo-te, Carminho". Ela olha para mim e fingimos os dois que temos certezas.

Dia seguinte

Estamos deitados na nossa cama. Estou no tempo certo e resolvo contar-lho, num abraço em que a tomo toda, "Eu hoje estou cá contigo, Carminho", "Eu sei." Ela está a pensar alguma coisa, bem sei, e pergunto-lhe pelos pensamentos. "São cá meus", responde-me arrebitada. Mas arrepende-se logo, deixa ir a zanga e agarra-me ainda com mais força os dedos das mãos entrelaçados nos dela. "Que idade tens hoje, João?", pergunta-me de repente. Eu digo, "Setenta e sete. Está certo?". Ela vira-se para mim, olha-me muito ternamente e deposita a mão leve dela na minha cara. O resto da noite passou-a a conversar comigo sobre como estão as crianças crescidas e os netos cada vez maiores. Perguntou-me muitas vezes, "O que achas tu disto, deixa-te feliz?". Eu disse-lhe sempre que sim, antes que deixasse de saber se era verdade.

Dia seguinte

Aperto os botões da camisa para ir à rua. A minha Carminho aparece e pergunta, "Que idade tens hoje, João?". Eu não lhe percebo a pergunta, mas respondo como sei, "Quarenta e sete". Ela pensa um bocadinho e diz-me, "Hoje, a nossa mais velha está em lua de mel", e sorri em esboço, numa composição de muitas coisas que não consigo decifrar. Eu olho para ela, encho a minha cabeça com o casamento da minha filhota e sigo contente para onde a minha Carminho me leva. De caminho, fala todo o tempo dos atoalhados, das pessoas convidadas, das flores na igreja. Às vezes, hesita e confunde alguns detalhes. Eu corrijo-a. Ela agarra-me a mão e entrega-me um sorriso que eu conheço.

O meu marido é pássaro. Bica na minha mão aberta.
Falo-lhe enquanto me conhece, pois há de voar logo
que pressinta a dúvida.

Chegámos ao centro de dia. A Carminho ajuda-me com o cinto e dá-me a mão. Mas não cumpre a memória que tenho da mão dela. Esta é outra mão, é a mão que eu agarro, não a mão que me segura. É a mão da Carminho que confia no meu passo adiantado, no caminho que trilho. Eu vou à frente, a Carminho segue atrás, sem dúvida, sem pergunta. Eu olho para ela, estranho-lhe as rugas adiantadas, mas ela está inteira no olhar que me entrega. Ainda ontem a pedi em casamento, ainda ontem o pai dela ma entregou no altar, ainda ontem me deu um filho, ainda ontem segurei-nos um neto. Os anos parecem caber todos num só dia que passa, mas o olhar dela, cândido, inseguro, distrai-me das nuvens que me esbatem a memória. Carminho, ainda te faço falta. Ela responde-me à fala que só tinha sido dita por dentro, "Sim, querido marido, ainda me fazes falta".

Dia seguinte

"Marido, vamos passear!", "Olaré!", "Não pões a boina?", "Eu não sei de quem é isso!, é de algum velho que veio cá a casa e a deixou para aí esquecida". A Carminho olha para mim, dança os olhos enquanto busca uma ideia qualquer e vai muito depressa ao quarto. Daí a pouco, volta toda embonecada, de saia às rodas e chapéu amarelo. Ri-se muito para mim, dá-me um beijo repenicado e põe-se a falar de como é bom os filhos estarem em casa dos avós, que agora podemos namorar. Eu concordo, dou-lhe um beliscão na nádega e ela diz-me a rir, "Olha se a minha mãe se põe a ver!", "Á, então é melhor a gente ir ali para debaixo da torre". Ela ri-se mais ainda e saímos com os anos a fazerem-se à frente da gente.

Dia seguinte

"Pai. Pai." Esta filha que me chama não é minha. Está enganada a pobre cachopa. "Não sou teu pai. Não sei quem tu és." Ela não aceita a ajuda, deixa-me baralhado e eu não acerto no que tenho de recordação das linhas que me olham. Ela agarra-me as mãos, suplicando o que não tenho para ela. Mostra-me o fundo da busca que ela reúne nos olhos dela cercando os meus. Estes olhos que ela me entrega criei-os, foram meus todas as noites. Mas chegam num corpo que não compreendo como se fez, nada me ensina a juntar o tempo entre o que era ontem e se tornou amanhã. "A minha pequena. Onde está ela? Dizes-me, por favor?" Ao cerco que me confunde atiro uma pergunta de ensaio. Ela só tem lágrimas para resposta e eu seguro-a até que lhe chegue o pai certo.

Dia seguinte

Sou a névoa, ergo-me em grãos de poeira que foram pele. Sou a peça passada de um homem translúcido. Sou a poesia de um homem de pó.

Dia seguinte

Acordo na luz. A Carminho olha para mim, a ver se escuta o homem dentro. Eu digo-lhe, "Bom dia, Carminho de azevinho", e ela desprende um choro que me põe beijos risados na cara toda. Olha-me cheia e não consegue pôr nada na voz. Eu entrego-lhe o que ela procura, "Eu estou aqui, Carminho, hoje não estou em mais lado nenhum".

Dia seguinte

Vamos hoje ver o Assunção. Caiu de mota e está esparramado no hospital, a curar o corpo moído da parvoíce em que insiste a fazer de conta que é coragem. "Ó Assunção, não digas que não", digo-lhe eu, como de costume, mas ele olha para mim como se só agora tivesse reparado no palavreado em que me ponho a fazer de conta que é conversa. "Ó João, olha tu agora, com essas coisas, 'tou aqui aflito", "Atão, pois, tens de desacelerar, homem, não te serve de nada estares para aqui estendido, a olhar para ontem", "Ai lá isso é verdade, aqui é que eu não sirvo de nada". Fez uma pausa e disse, "Olha lá, e tu?, estás bem?", "Então, não? Dos dois, eu sou aquele que está de pé". E ri-me buscando confiança no ponto final. O Assunção percebeu o que eu não disse e mudou de assunto. "Tens visto o Semedo?, também deve aparecer por aí mais logo, parece que anda metido com uma cachopa das danças do centro de dia." "Olha vocês com essas coisas", disse a minha Carminho com o pudor que deve ser. Eu respondi ao Assunção, "Olha a sorte dele!, e só agora se desenrascou porque já não se põem em vistorias, nem veem o tráfego!". E rimo-nos os dois. Hoje, nos corpos dentro, estávamos todos no mesmo dia.

Dia seguinte

O meu filho dá-me a mão e oferece-me a boina. Leva-me devagarinho, conforme lhe entrego os passos. Passo a porta e está muita gente aqui fora. Deve ser festa. Festa importante, que está tudo de preto. Alguém se formou ou vem aí presidente. Estão todos meus amigos, abraçam-me muito. Força, diz-me a vizinha da frente, chorando-se muito, e já percebo que isto é assunto de morte. As minhas filhas põem-se ao meu lado, cada uma segurando-me um braço, e entendo que é assunto de queda. Pergunto pela Carminho, para me explicar isto, e ela não vem. Dizem-me qualquer coisa que não guardei. Não pode responder-me, a minha Carminho dos dias todos, porque já não tem corpo aqui. "Carminho, Carminho!", choro-lhe o nome, porque já sei para onde foi. E já não consigo dizer-lhe que, se lhe levaram o corpo, eu lhe guardarei o nome.

Dia seguinte

chão

Dia seguinte

Sento-me aqui e espero. Há qualquer coisa para chegar e por ela espero. Alguém há de saber e virá apanhar-me a espera. Suspendê-la. Para que espere eu noutro lugar. A espera a mesma, movida para que não se aborreça na circunstância. Eu sou ela, a espera. O tempo nos coseu, não estamos um sem o outro. Eu sou a espera e nunca me regressei.

Dia seguinte

"Pai", ouço. "Pai", repete o ar. O ar nunca me deixa. Repete-se, diz as mesmas coisas sem se fazer entender. Cumpro a espera num quarto onde nunca me deitei. O ar põe-se feito de gente e empata-me no que é preciso fazer. A ordem é a mesma. Levanto-me para ir à casa de banho e digo, "Vão-se embora!". Dou-lhes de brusco para que não se demorem e não me atrasem mais a espera. O ar chora e já não diz "Pai". Eu compreendo-lhe o choro, porque ainda conheço esse. Digo-lhe, "Não chores", e aperto-lhe o braço para que se convença. Olho para ela, é a cachopa perdida. Tenho pena dela, mas não posso fazer nada. Não sei para onde foi o pai dela.

Dia seguinte

"Como é que se sente hoje, senhor João?", pergunta-me este agora. "Estou bem, estou bem", digo-lhe a despachar. Pode ser que saiba alguma coisa e pergunto-lhe, "Diga lá à minha mulher para vir aqui, se fizer favor, é para ir à missa e ela está atrasada". O rapaz fica a olhar para mim, não sabe de nada de certeza, e diz que volta já. Chega outra e senta-se de frente para mim, com os olhos muito devagarinho, "Senhor João, o senhor está agora aqui connosco, vamos tomar conta de si, mas também precisamos que nos ajude, para que tudo corra bem. Hoje terá visitas das suas filhas e dos seus netinhos, que lhe parece isso?". Esta agora adiantou-se e esclareço-a, "Eu não tenho netos, senhora". Ela insiste e eu fecho os olhos, para a fazer desaparecer. Aqui dentro, só está a minha Carminho. Se fecho os olhos, ela vem logo e guarda-me com ela a espera.

Dia seguinte

Está a olhar para mim este rapazote. Tem a mesma ternura da Carminho, onde anda ela. Digo-lhe, "Quem és tu, rapaz?". Ele sorri, contente com o inquérito, e responde logo, "Sou o teu neto, avô". Eu franzo os olhos, porque já não sei nada para além do que vejo de olhos fechados, onde nada me engana. Ponho-me de acordo, porque não me apetece dar desgosto a este, e digo-lhe, "Está bem, está bem". Ele conta-me muitas coisas, muito contente, e diz tudo muito depressa, como se o tempo se lhe fosse esgotar. Eu digo-lhe, enquanto ele me olha estacado, como se me procurasse o fundo, "Os netos são sempre a melhor coisa que alguém pode ter". É só disso que eu tenho a certeza. E ao procurante rapaz não menti.

Dia seguinte

Deixaram aqui ao pé de mim a fotografia de uma velha mulher. Não sei quem é, mas sei que lhe quero bem. Só tenho a sombra de palavras que me tenha dito, o pó do que tenhamos feito juntos, a dúvida sobre o que seria permanente. Ficou a reserva, a ideia de algo para fazer. Que não fiz.

Dia seguinte

Pergunto ao rosto que me acompanha a espera que é isto de viver. De manter um corpo a respirar se se esqueceu para quê, se perdeu o juízo na troca de esperar ainda o corpo. Levanto-me e vou para ao pé dos outros. Estes também respiram. Por dentro, procuram-se. Nunca se chegam. Que fazemos todos aqui, corpos paralelos em cadeiras, entregando falas ao ar que já não compõem sentido. Chega a rapariga dos olhos vagarosos e dá-me os bons dias. Está contente por me ver obediente à função de respirar. Se cumpro isso, nada mais me pedem aqui. Enquanto não resolvo o que fazer com o dia, faço de conta que estou de acordo. É mais fácil para eles e hoje não lhes dou trabalho. Hoje serei pouco. Adio-me para amanhã ser todo.

Dia seguinte

Hoje é dia de ir. Digo à rapariga para me ir buscar a roupa. Ela concede-me o tempo de confirmar que persisto. E assim faço. Repito-lhe o comando. Ela zanga os olhos, porque fujo da função que me permitem. Levanto-me zangado para tratar eu do assunto e correm todos atrás de mim, para me porem outra vez na espera. Eu corro mais ainda e caio desamparado sobre o chão, onde me faço

resto.

Dia seguinte

A dor ocupa-me. Hoje, tenho mais que fazer, além de respirar. Sinto o corpo todo, que insiste em permanecer. Vem o nome. "Carminho!" Carminho de azevinho, de saia à roda, no largo da igreja, cheia de beijos de riso. O corpo agora tem a espera, a dor e o nome. Já não pode só respirar. Levanto-me para chamar pela Carminho, que tem de ver isto. Ela que me traga os filhos, que me fazem todo, os netos para dar o colo que tudo lhes cura, tirar-lhes o nariz e pôr-lhes os abraços todos antes que lhes façam falta. Grito à rapariga e digo-lhe para me chamar a Carminho, que ela põe ordem nisto dos corpos paralelos. Ela não deixa que só me tenham aqui a respirar. Temos coisas para fazer e ela não deixa que nada fique em falta. Nem o meu nome. Ela nunca deixa que o nome ande longe do corpo.

Dia seguinte

Esta diz-me, "O senhor João tem de se portar bem, senão não nos conseguimos entender". E põe mais do disparate em que está hoje, "Não pode pôr-se a gritar connosco. Está a assustar as pessoas. Aqui ninguém lhe faz mal". Não sei nada do que está ela a falar. Esta gente não me entende, não sabe nada do assunto de ser

folha. De aguardar sopro que me ponha em pássaro.

Dia seguinte

Acordo num quarto onde nunca esteve a minha Carminho e vou à procura dela, para que venha para aqui para ao pé de mim. Saio e dou de caras com a rapariga que me persegue sempre a corrida. Fecho os olhos para ver se ela desaparece. Ela ri-se, condescendendo sobre o que tenha eu de intenção, e dá-me a mão. Eu aceito-a, porque já sei que esta rapariga permanece. Arregala-me os olhos sempre que eu lhe ponho os meus, mas vejo neles crescer ternura. A ternura dos dias em que não me tenho. Tem-me ela. Segura-me ela. E é ternura toda, porque não fez nunca memória comigo, nem me conhece os cantos. Os cantos do homem que ela aceita sem nunca ter visto, sem nunca ter amado como quem me tem no sangue. É rapariga de vida, tem de função que eu respire. Não permite que se tire o corpo ao homem. Não deixa que me torne descorpo.

Dia seguinte

Digo-lhe, "Menina, deixe-me ir", "Para onde, senhor João, para onde quer ir?", pergunta-me ela, como se soubesse já a resposta e me testasse a intenção. Eu digo-lhe nada, porque não sei e não quero que me apanhe na ignorância do que sou eu e do que quero eu. Este corpo vaza tudo, nada guarda sem ser o cheiro da espera. Já não guarda vontades, nem sítios de ir. E choro. Choro por tudo o que me faz corpo. Choro o corpo que só espera, só respira, para nada presta, não merece função. Ela escorre lágrimas miúdas que são minhas e nelas somos dois comuns na observação do espanto. Do espanto de ser, enquanto se inexiste. Da zanga de ter de manter, quando já nada é.

Dia seguinte

Hoje há música. Os corpos paralelos engolem os sussurros que entretêm os dias e ouvem a música. Dançamos todos. Sentados nas cadeiras da espera, dançamos o corpo que não acompanha a cabeça. De olhos fechados, para a ficção funcionar. Se olhos abertos, corajosos, que põem à frente o que é sempre verdade, põe-se a visão do que não está, mas sempre será. Sou corpo. Sou a dança tonta do movimento que me toma, que me concede o espaço que me falta cumprir. Na parte que resta, o corpo é todo.

Dia seguinte

"Amigo, como vai isso?", diz-me este como se me conhecesse. Digo-lhe que hoje isto está mau, que se vá embora. Não sei do que falo, mas pode ser que ele vá embalado, sem devolver muito. O homem, velho e triste, olha para mim como se me tivesse perdido. Eu procuro-lhe o motivo de tanto sofrimento, mas não vejo nada. Este homem precisa de consolo, que escarafuncha no meu rosto. Não tenho nada para ele, mas em troca persisto no que me intriga tanta questão. Que procura este velho? "Que está você aqui a fazer?", digo-lhe. Ele não me responde logo, mas eu concedo-lhe a pausa, enquanto lhe investigo a causa. "Ó Johnny John, sou eu, o Semedo, sem medo", e hesita. Eu sorrio, porque me lembro do garoto com quem saltava nos poços da mata e enchia os bolsos de pedras a atirar à janela do quarto da Silvéria. É parecido com este e fico sem perceber onde acabou um e começou o outro. Fico em nódoa na minha cabeça e grito para o que vai cá dentro que me largue! Grito ao que há dentro e não compõe nada. E é ao corpo todo que despeço.

Dia seguinte

"Menina, vou-me embora", digo à rapariga que anda sempre aqui, no sítio onde os corpos se esgotam. Já sou nada, tenho permissão de ir. "E vai para onde, senhor João?", "Outro sítio", "E onde é isso?", "É ali", digo-lhe, porque não é nada com ela. Ela diz-me, "Está bem", e deixa-me baralhado, porque é a rapariga que sempre me corrige a intenção, que me segura o corpo mortando, que teme a fuga dos que têm de respirar. Eu caminho até que encontro o fundo do corredor, abro a porta e vejo o jardim. O grande portão de ferro ao fundo, à espera que o encontre e lhe desafie a passagem. Dou três passos, o primeiro em missão, o segundo em fé e o terceiro em dúvida. Dou conta que depois do portão não sei nada, não sei a minha casa, a minha Carminho que dança, os meus filhos brincando. Depois do portão, só sei saudade. Estes passos não se encontrarão com nada. Só cumprem distância e desencontro. Paro enquanto reúno a dúvida, a fé e a missão e torno-as para dentro, guardo-as no corpo do homem que, se tem função, não encontra a razão de respirar.

Dia seguinte

Permaneço. Não fujo mais daqui para fora. Não percebo o caminho fora do corpo, vou entender-me com o de dentro. Escondo os passos, fujo para dentro. Sou

folha mirrando, até ser fio.

Dia seguinte

Repouso no encosto que são os restos de corpo e envio-me para dentro. Procuro colar o queixo ao peito, os dedos às palmas das mãos, os pés às pernas. Vou encolher o corpo, ser pouco, pôr em coincidência o que é corpo e o que é homem. Já falta pouco para chegar ao tamanho que está certo. Amanhã, serei menos, seguirei

do peso do homem à leveza da pena. Amanhã, inexistirei.

Dia último

Deitado na lenta cama que me tem, olho a fotografia da velha mulher que me terá o nome. Que tenha o meu e o dela. Quero-lhe bem e vou seguir para que agora me tenha ela. À minha volta, põe-se gente a quem vejo pedaços iguais aos que guardo cá dentro. São meus afetos, recordo-lhes nos rostos os traços por onde passei as minhas mãos desejando-lhes tudo. Não me lembro da idade dos corpos em que se fizeram. Não me conheço nas velhas mãos que lhes terão amparado os medos. Mas sossego a dúvida, deixo-a ser, que só o corpo a tem. Aos que me seguram a espera, quase finda, sorrio para que me resgatem a memória, dou a mão para que me guardem o corpo. Eu levo o homem.

REPÚBLICA PORTUGUESA

CULTURA
DIREÇÃO-GERAL DO LIVRO, DOS ARQUIVOS E
DAS BIBLIOTECAS

*Obra apoiada pela Direção-Geral do Livro,
dos Arquivos e das Bibliotecas/Cultura – Portugal*

Dados Internacionais de Catalogação na Publicação (CIP)
de acordo com ISBD

R484h
Ribeiro, Rute Simões
   O homem sem mim / Rute Simões Ribeiro
   São Paulo: Editora Nós, 2024
   112 pp.

ISBN: 978-65-85832-55-7

I. Literatura portuguesa. 2. Ficção. II. Título.

2024-2980   CDD 869.3   CDU 821.134.3-3

Elaborado por Odilio Hilario Moreira Junior, CRB-8/9949

Índices para catálogo sistemático:
1. Literatura portuguesa 869.3
2. Literatura portuguesa 821.134.3-3

© Editora Nós, 2024
© Rute Simões Ribeiro, 2024

Direção editorial **SIMONE PAULINO**
Editor **SCHNEIDER CARPEGGIANI**
Editora-assistente **MARIANA CORREIA SANTOS**
Assistente editorial **GABRIEL PAULINO**
Projeto gráfico **BLOCO GRÁFICO**
Assistentes de design **JULIA FRANÇA, STEPHANIE Y. SHU**
Preparação **MARIANA CORREIA SANTOS**
Revisão **SCHNEIDER CARPEGGIANI**
Produção gráfica **MARINA AMBRASAS**
Assistente de vendas **LIGIA CARLA DE OLIVEIRA**
Assistente de marketing **MARIANA AMÂNCIO DE SOUSA**
Assistente administrativa **CAMILA MIRANDA PEREIRA**

Imagem de capa **ANDREY ROSSI**
Sobre o ruído de uma lacuna, 2023,
100 × 150 cm, óleo sobre tela

Texto atualizado segundo o novo
Acordo Ortográfico da Língua Portuguesa

Todos os direitos desta edição reservados à Editora Nós
Rua Purpurina, 198, cj 21
Vila Madalena, São Paulo, SP | CEP 05435-030
www.editoranos.com.br

Fonte **HELDANE**
Papel **PÓLEN BOLD** 70 g/m²